全国高等教育"十二五"精品教材

平面构成

PMG
C

主　编　陈晓梦　李　真

副主编　铁红丹　王　琼　李智慧

航空工业出版社

北京

内 容 提 要

平面构成是研究视觉语言的学科，是艺术设计专业的基础课程和重要组成部分。在当今平面构成创作百花齐放、设计表达手段日新月异的情况下，掌握好平面构成设计知识与技能是从事设计行业的必经之路。

本书共分为7章，内容包括了平面构成的基础知识、平面构成的基本要素、平面构成的基本形与骨格、平面构成的视知觉、平面构成形式美法则、平面构成的基本形式以及平面构成的应用欣赏。本书在讲解时力求从更新、更系统、更广泛的角度来诠释平面构成的内容，拓展学生的想象空间，培养学生的创造能力和审美能力，提高设计表现水平，为专业的学习和创作打下坚实的基础。

本书特别适合作为高等院校艺术设计专业的教材，也可以作为广告企业和艺术设计公司从业者的职业教育与岗位培训教材，同时，也适合广大艺术设计工作者和艺术设计爱好者学习参考。

图书在版编目（ＣＩＰ）数据

平面构成 / 陈晓梦，李真主编. -- 北京 ： 航空工业出版社，2012.2

ISBN 978-7-80243-917-7

Ⅰ．①平… Ⅱ．①陈… ②李… Ⅲ．①平面构成（艺术） Ⅳ．①J061

中国版本图书馆CIP数据核字(2012)第014697号

平面构成
Pingmian Goucheng

航空工业出版社出版发行

（北京市安定门外小关东里14号 100029）

发行部电话：010-64815615 010-64978486

北京市科星印刷有限责任公司印刷	全国各地新华书店经销
2012年3月第1版	2012年3月第1次印刷
开本：787×1092 1/16 印张：7.5	字数：172千字
印数：1—2000	定价：48.00元

编者的话

　　平面构成是一门横跨艺术设计、建筑、美术、动画、影视等多专业领域的基础课程。平面构成是把艺术史上出现过的美的形式，如美术、建筑、戏剧、书法等作品，进行归纳、总结并上升到形式法则的高度，探讨在二维平面中如何创造美的形象，怎样处理形与形之间的关系，如何按照一定的形式法则构成所需的图形。平面构成不是设计的目的，而是实现目的的一种手段，它更重要的是帮助建立新的思维方式和造型观念，着重培养学生的形象思维能力和设计造型能力。

　　随着文化产业的日趋繁荣，艺术教育不再只针对专业创作人员，培养专业画家，更多地是培养具有一定艺术素养的应用型人才。同时，平面构成和其他基础课程一样，也是一个有机体，应该根据社会发展以及时代需要，不断地完善和改进自身，使得平面构成课程更加符合现实和未来的需要，这样才能真正使其成为艺术设计基础课程的精华。

　　为此，我们认真研读了多部平面构成著作，博采众长，本着求实、创新的精神编写了这本应用型教材《平面构成》，以满足高等院校的学生和社会各界学习平面构成相关知识的迫切需要。

　　本书具有以下特点：

　　（1）内容全面、循序渐进、突出实用。本书涵盖了平面构成的应知应会，在内容的编排上由浅入深、循序渐进，同时又突出实用性，使学生真正学到有用的知识。

　　（2）通俗易懂、图片丰富。本书在理论知识的讲解上简明扼要、通俗易懂。同时，各个章节均配有大量精彩、新颖的图片，便于学生更好地理解所学内容。

　　（3）理论与实践完美结合。本书在相关知识点的讲解后都配有应用实例，使学生在掌握基本知识的同时，熟悉这些知识在实践中的具体应用。

　　本书在编写过程中参考了大量的文献资料，在此，我们向这些中外文献的作者表示诚挚的谢意。

　　本书由陈晓梦和李真主编，铁红丹、王琼和李智慧任副主编。由于编写时间仓促，编者水平有限，书中疏漏与不当之处在所难免，敬请广大读者批评指正。

编　者

2012年2月

目录

目录

目录

第一章
平面构成的基础知识

第一章　平面构成的基础知识

本章导读

　　"构成"原意为建造、组合、造型。广义上讲，它是一种理性的逻辑思维方式，属于建筑学的专业术语；狭义上讲，"构成"具有分解、组构之意，是将造型要素按照一定的形式美法则进行组合的创造性行为，其目的在于探索美、创造美。

　　平面构成是将视觉元素在二次元的平面上，按照美的视觉效果和力学原理进行编排和组合，从而创造出理想的视觉形态，它是理性与感性相结合的产物，如图1-1所示。

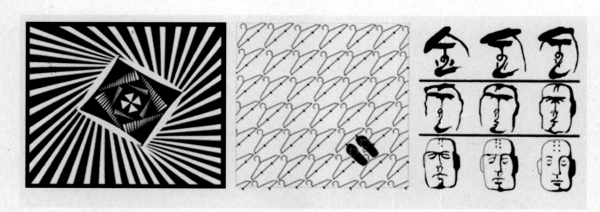

|　发射构成　|　特异构成　|　渐变构成　|

图1-1　几种构成形式

第一节　平面构成概述

　　平面构成主要着眼于抽象形态，通过重点分析和研究各种视觉元素的存在形态、运动规律、二维排列方式及其形成的视觉感受，从而培养人们对于物象（指客观存在的事物）的审美能力和感知能力以及创新型思维和设计能力。

一、平面构成的特点

第一，它是以感知为基础的创造性的造型活动。平面构成并不是单纯地模仿具象（文艺创作过程中活跃在作家、艺术家头脑中的基本形象）的物体，而是以感知为基础，通过掌握客观事物的构成规律，将自然界中存在的复杂物象或过程用最简单的点、线、面进行分解、变化和再组合，从而创造出具有美的视觉效果的新形态，如图1-2所示。

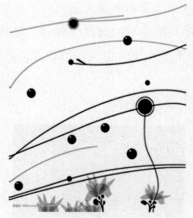

图1-2　点线面组合（1）

第二，它是一种较为理性的创造活动，是一个自觉的、有意识的再创造过程。需要通过大量的观察、分析、归纳和总结，并运用数学逻辑对物象进行重新构建和设计，从而构成有秩序、富有视觉美和运动感的新形态，如图1-3所示。

图1-3　点线面组合（2）

二、平面构成的起源与发展

（一）俄国前卫艺术运动

俄国十月革命前夕，印象主义、野兽主义、立体主义、未来派等诸多艺术潮流交错起伏。在动荡不安的年代和诸多艺术潮流的影响下，使得俄国一些先锋派艺术家否认传统艺术，注重精神世界的表达和内心情感的体验，将构成的概念引入了作品，开始了抽象作品的创作。

1915年，马列维奇发表《从立体主义和未来主义到至上主义》宣传册并提出了至上主义的概念。至上主义彻底摆脱了传统绘画所特有的形象性成分，追求一种简单而又充满不确定性的几何图形的自由和奔放，如图1-4所示。至上主义的理论和创作对同期的构成主义及欧洲的抽象绘画产生了重要影响。

收割者　　　　　　　　　　白底上的黑色方块　　　　　　　　绝对主义的创作

图1-4　马列维奇的作品

（二）构成主义

构成主义又称结构主义，是起源于俄国的艺术运动。十月革命终结了俄国旧的社会秩序，与此同时，一些激进的艺术家也迫切希望进行一场艺术的革命来改变旧有的社会意识，提倡用新的观念去理解艺术家和艺术工作以及艺术家在社会中所扮演的角色。他们倡导艺术的实用性，号召创立以唯物主义为基础的，并为社会服务的新艺术。

这一时期的代表人物是塔特林(Vladimin Tatlin,1885-1953)，其代表作是《第三国际纪念塔》，如图1-5所示。这件抽象的雕塑作品大胆地运用金属材料制作而成。这是艺术家有史以来第一次把纯粹的空间作为设计造型要素来运用，反映了艺术家崇尚工业和机械结构的思想，并将这种思想和材料（钢铁、塑料、玻璃等）运用到了艺术创作中。

塔特林(Vladimin Tatlin 1885-1953)　　　　　　　第三国际纪念塔

图1-5　塔特林及其代表作

　　此外，康定斯基在《关于形式问题》、《点·线·面》中继续充实了构成主义学说，并创造了大量的纯构成绘图。在这些作品中，色彩不再依附于形，而是具有了独立的性格和美感，如图1-6所示。

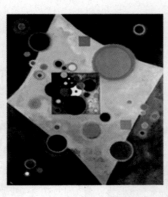

康定斯基

(Wassily Kandinsky,　　　蔷薇色的重音　　　　　　　　　构图4号

1866-1944)

图1-6　康定斯基及其代表作

（三）荷兰新造型主义

新造型主义又称荷兰风格派，是以蒙德里安为中心的独立画派。他们完全摒弃使用任何的具象元素，从根本上脱离自然形态的束缚，追求绝对的物质化。他们主张用纯粹的抽象几何形来表现纯粹的精神，即通过简化至极而井然有序的线条，理性而完美的构图布局，纯粹而率真的原色来表现复杂的主题。

虽然新造型主义作品表现形态简约为线面的组合，色彩极致到只剩下红、黄、蓝三原色，但是，这些作品有着深层次的内涵和意义，体现了人类永恒追求的和谐与平衡的心态。新造型主义对后期的绘画、建筑、雕塑和家具设计等诸多艺术门类都有着广泛而深刻的影响，如图1-7与图1-8所示。

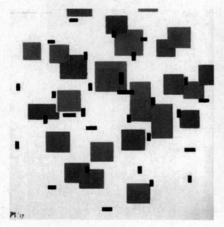
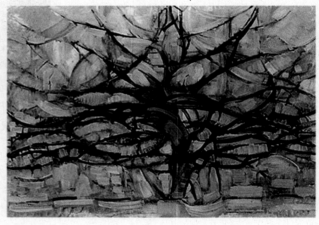

色彩构成A   灰树

图1-7　蒙德里安作品

z字椅（里特维尔德）　　　　红蓝椅（里特维尔德）　　　　玩牌者（凡·杜斯堡）

图1-8　其他新造型主义作品

（四）构成由包豪斯走向设计教育

包豪斯是世界著名建筑师沃尔特·格罗佩斯于1919年在德国魏玛创立的第一所完全为了发展设计教育而成立的学校。图1-9所示为格罗佩斯本人及包豪斯校舍。

格罗佩斯

（Walter Gropiwus,1883-1969）

包豪斯校舍

图1-9　格罗佩斯及包豪斯校舍

格罗佩斯进行了大胆的教学改革，提出了"艺术与技术相结合"的教育口号，打破了旧有的艺术教学模式，提倡运用不同的材质来表现概念，鼓励学生超越旧的经验约束和视觉习惯，培养崭新、敏锐的思维能力和视觉认知能力。

包豪斯学院以崭新的教育方法和一流的教授群体为世人所敬佩，如康定斯基、约翰内斯·伊顿、克利费宁格、莫霍利·纳吉、蒙克等一流艺术家都在此校任教，他们也是其崭新的艺术教学计划和理论体系，特别是基础课程的改革者和实践者。

包豪斯虽然只存在了短短的14年，但是它对现代设计产生的影响却是深远的。它奠定了现代设计教育的结构基础，重视艺术设计教育理论与实践的有机结合，在设计活动与工业生产这两个从未相交的门类之间架起了桥梁。如图1-10所示充分体现了他们所倡导的严格遵循客观法则和以人为本的设计理念。

马塞尔·布劳耶
（Marcel Lajos Breuer,
1902-1981）

瓦西里椅

休闲椅

图1-10　马赛尔·布劳耶及其作品

　　在包豪斯之后，设计界开始将"构成"纳入设计研究和教育体系，视其为培养现代设计思维的手段和美学价值评判的依据。

（五）在亚洲的兴起与发展

　　因接受包豪斯的设计思想，美国、欧洲等许多国家的设计及相关产业得到了极大的发展。受美国大学教育的影响，日本派遣人员去美国学习设计，因此成为亚洲最早引进和接受设计教育的国家。如图1-11至图1-13是日本设计师的相关作品。

　　我国自20世纪80年代初开始正式引入设计教育，三大构成教育逐渐成为国内大部分艺术院校通用的设计基础教学课程。如今，构成教育在广告设计、包装设计、工业设计、服装设计等领域得到了广泛的推广，对我国设计教育及产业的发展起到了积极的推进作用。如图1-14与图1-15给出了的中国设计师的相关作品。

图1-11　招贴设计　福田繁雄

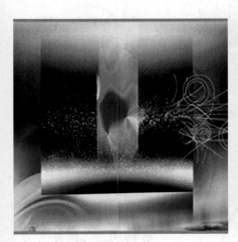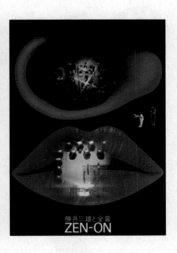

电脑视觉　　　　　　　　　　　　幻景　　　　　　　　　　　　禅对

图1-12　具有现代风格的新构成主义作品　胜井三雄

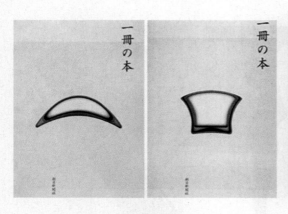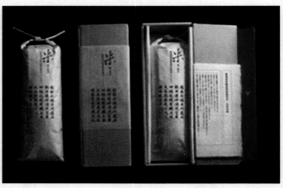

《一本书》月刊宣传海报　　　　　　　　　　　　新泻县岩船米包装

图1-13　海报及包装设计　原研哉

图1-14　银行标志设计　韩家英

图1-15　logo设计　陈幼坚

第二节 学习平面构成的目的和方法

平面构成是现代视觉传达艺术的基础理论，与色彩构成、立体构成统称为三大构成，是培养艺术设计类学生进入专业设计之前正确掌握视觉语言能力的基础训练课程。学习的重点包括形态认知的学习、构成原理的学习、形式美法则的学习、应用技能的学习等。

著名构成教育家朝仓直巳先生说"一位优秀的设计艺术家需要有敏锐的美观（sense）及丰富的创意（idea），最重要的是要有创新思维。"平面构成课程的学习就是实现上述要求的一条行之有效的途径。总之，学习平面构成的目的在于培养有深厚的设计基本功、有创新能力、理性与感性相结合的综合型人才。

针对平面构成课程特点，学习这门课程的方法有以下几点：

（1）重视基础理论的学习

对于基础理论知识，比如与平面构成相关的基本概念、定义、原理，要有全面而深入的理解和掌握，这些是设计的思想来源。

（2）理性思维与感性思维相结合

首先，平面构成是以感知为基础的造型活动，它重视视觉效果与造型的表现形式，这就要求艺术家必须具有敏锐的观察力、丰富的想象力等良好的感性思维。同时，平面构成也是一种较为理性的创造性活动，这就要求艺术家必须具备较强的整理、分析和判断的理性思维，以便对形象进行分解和重新构建，从而创造有秩序感、布局合理且有规律性的作品。

总之，平面构成既需要严谨的理性思维，又需要轻松、活泼、感情丰富的感性思维。只有将感性的设计因素与理性的设计思维有机结合，科学与艺术的紧密结合才会以独具特色的方式在设计艺术中体现出来。

（3）实际的设计应用

理论知识、思维能力、创造能力都将最终体现在设计当中。因此，只有注重实际的动手能力，进行系统严格的训练，才能很好地将理论与实践相结合，将感性与理性相结合，才能真正的掌握这些知识。

课后作业

1. 谈谈你对平面构成的认识和理解。
2. 请简述包豪斯对平面构成的影响和作用。
3. 谈谈如何学好这门课程。

第二章

平面构成的基本要素

第二章 平面构成的基本要素

本章导读

点、线、面是平面构成的最基本的构成要素，任何复杂的形都是由点、线、面组合而成的，如图2-1所示。对点、线、面进行深入地了解和分析，将为增强设计表现能力打下良好的基础。

图2-1 点、线、面的组合

第一节 点

一、点的概念

康定斯基在其著作《点、线、面》中是这样定义点的："点可称为最小的基本形态，但是不能说这是正确的规定。因为'最小的形态'的正确界限是难以划定的，点有时可以扩大成面。"

点在几何学上的定义是"点是只有位置，没有大小，即没有长、宽、厚的图形。"从造型学的角度来讲，点是一种具有空间位置的视觉单位，它是以图形的形式来表现的，并有不同大小的面积。至于面积多大是点，要根据画面整体的大小和其他要素的比较来决定。无论点以任何大小、形态出现，只要它在整体空间中被认为具有凝聚性，成为最小的视觉单位时，一般来说，都可以称之为点。

二、点的形态

　　点的形态的可以是多种多样，它可以是圆点、椭圆点、方点、三角形的点、锯齿形的点或任意形态的点，并不局限于我们一般理解的圆点，如图2-2所示。此外，点是相对而言的，比如，人相对于一艘万吨级轮船是一个点，而万吨轮船在浩瀚的大海中又浓缩成一个点。因此，自然界中的任何形态只要缩小到一定的程度，就能形成点，如图2-3、图2-4所示。只不过形态越小，点的感觉越强；形态越大，面的感觉越强。

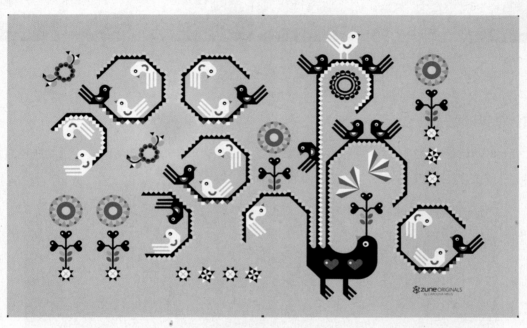

图2-2　点的形态（1）ZUNE 设计

图2-3　点的形态（2）

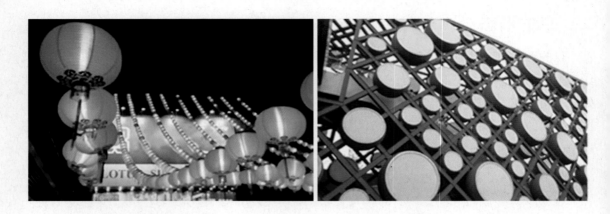

图2-4　点的形态（3）

三、点的视觉特征

点的基本属性是注目性，点能形成视觉中心，也是力的中心。也就是说，当画面中有一个点时，人们的视线就集中在这个点上，如图2-5所示。

图2-5　点的注目性

此外，当画面中有一个点时，通过改变其位置；当画面有多个点时，通过改变其大小、排列方式等都会产生不同的视觉效果，下面将分别介绍。

（一）点的位置变化

点在构成中具有集中、吸引视线并标明位置的功能。点的位置还会影响到人的心理变化。比如在一个正方形中，当点位于其正中心时，会给人一种稳重而安全的感觉；若移至左下角，则马上失去了平衡感，给人不安定和下沉的感觉；若移动至右上角，就会立刻感觉到飞跃和前进之感，如图2-6上面三图所示。一般来说，当点位于画面水平方向居中，垂直方向距上、下底边约三分之一时，最易引起人们注意，如图2-6下面两图所示。

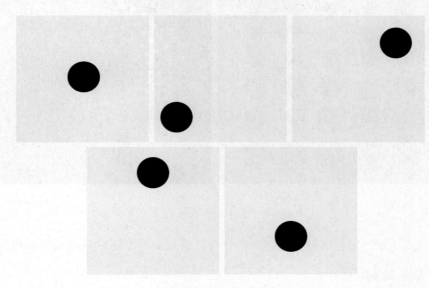

图2-6　点的位置变化

（二）点的大小变化

　　大小不同的两个点放在同一平面上，人的视线首先被大的点吸引，然后再转向小的点。此外，点的大小差异也会产生深度感并表现出空间位置，如图2-7所示。当点的大小以一定的轨迹、方向进行变化时，能够形成一种视觉的对比张力，从而产生一种优美的节奏感和韵律感，如图2-8所示。

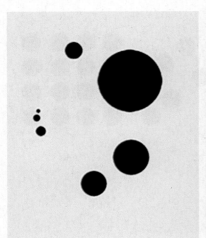

图2-7　点的大小变化（1）

图2-8　点的大小变化（2）

但是，当点达到一定程度时将具有面的性质，反倒显得空泛，从而失去凝聚力。

（三）多点排列

当画面中有两个相同点时，其张力将表现在连接这两个点的视线上，会产生一条视觉上的直线，且在视觉心理上会产生连续的效果，如图2-9（a）所示。

当画面中有三个散开的点时，其视觉效果将表现为一个三角形，如图2-9（b）所示。

当画面中出现三个以上不规则排列的点时，画面将会显得零乱，使人产生烦躁的感觉，如图2-9（c）所示。

当画面中的多个大小相同的点规则排列时，画面将显得平稳、安静，如图2-9（d）所示。

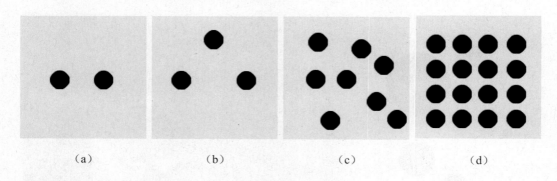

（a）　　　　　　（b）　　　　　　（c）　　　　　　（d）

图2-9　多点排列

四、点的线化与面化

由于点与点之间存在张力，因此，当多个点按照某个路径靠近时就会形成虚线的感觉，这便是点的线化。在某些情况下，虚线更能表现出作品含蓄而富有诗意的美感，如图2-10所示。

图2-10 点的线化

同理，点的面化是指将点按照平面或曲面进行排列，且点的大小、深浅可同时变化，如图2-11所示。

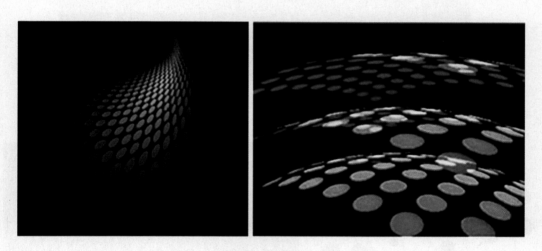

图2-11 点的面化

五、点的构成方法及应用

概括起来，点的构成方法主要有如下一些形式：

通过在画面中放置一个或若干个点，可强调点的聚焦功能，如图2-12所示。

通过点的线化，可使作品产生流动感与韵律感，如图2-13所示。

图2-12　强调点的聚焦功能的海报设计　原研哉

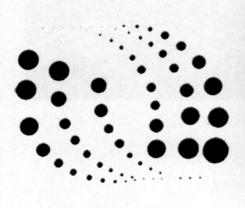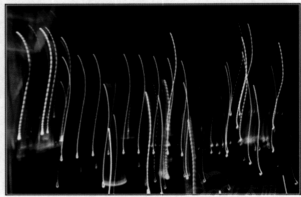

图2-13　跳跃的音符

通过点的面化，可使作品产生跳跃感，充满活力，如图2-14所示。

图2-14　点在服饰设计中的应用

利用点可以组成各种各样的具象的和抽象的图形，如图2-15所示。

图2-15　利用点创作的图形

第二节　线

与点类似，自然界中很多物体都表现出线的特征，如图2-16所示。

图2-16　自然界中线的形态

一、线的概念

　　线是点运动的轨迹。几何学上的线只有长度和方向，没有粗细、宽窄、厚薄和形状之分。从构成上来说，凡是具有充分连续特性的构成元素都可以称之为线，它有长度、宽度和延伸性。平面构成中，点的主要作用是强调位置和聚焦，线则是强调方向和长度，并用以引导视线，如图2-17所示。

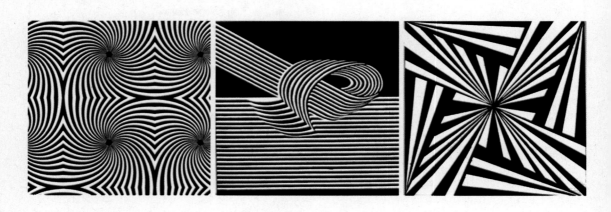

图2-17　线的形态

二、线的分类与情感色彩

　　在平面造型中，线比点更具有感情色彩，这主要体现在它的长短、粗细、曲折和虚实上。

线总体上可以分为直线和曲线。直线又可分为水平线、垂直线和倾斜线，在形式上又可表现为折线、发射线、虚线和锯齿线等。曲线可分为封闭曲线和开放曲线，封闭曲线又可细分为圆、椭圆、封闭漩涡线等；开放曲线包括弧线、开放漩涡线、波浪线等。

（一）直线

直线让人联想到巍峨的山脉，高大的建筑物，参天大树等，它是男性的象征，简单明快，给人一种简洁、稳定、冷峻和坚强的感觉，富有速度感和紧张感，是一种力量的美。

1. 水平线

水平线通常表示安定、平稳、沉着、理性、干净、整齐、中规中矩等，如图2-18所示。

图2-18 水平线

2. 垂直线

垂直线通常表示干脆、正直、果断、刚毅、下降或高升等，如图2-19所示。

图2-19 垂直线

3. 倾斜线

倾斜线通常表示飞跃、积极、活泼、调皮、不安、坍塌、危险等，如图2-20所示。

图2-20　倾斜线

（二）曲线

曲线则是女性的象征，让人想起潺潺流水、风摆春柳等。与直线的冷峻、硬朗不同，曲线是温暖而柔美的，易产生丰满、轻快、跳跃、流动而自由的感觉。它发散而灵活，充满生命力。

1．弧线

弧线通常表示弹性、丰满、张力和生命力等，如图2-21所示。

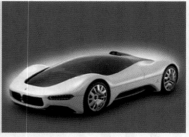

图2-21　弧线

2．漩涡线

漩涡线通常表示眩晕、谜团、神秘而优雅等，如图2-22所示。

图2-22　漩涡线

3. 任意曲线

任意曲线通常表示自由、浪漫、洒脱、灵性等，如图2-23所示。

图2-23　自由曲线

三、线的构成方法及应用

（一）自由组合

创造者在对直线、曲线进行任意排列时，由于创作的偶然性，通常会使得造型活泼而富有生机，如图2-24所示。

图2-24　线的自由组合及其应用

（二）有序组合

1. 规律排列

在平面构成中，将直线按照数学中固定的数列来构成，所形成的图形在造型上比较统一、秩序感强，但变化较少，显得机械，因而比较单调，缺少情感，如图2-25所示。

图2-25　线的规律排列及其应用

2．以线塑型

以线塑型即是运用线的粗细、疏密特点来表现画面的明暗关系及骨骼结构，从而塑造出物象的形体轮廓，如图2-26所示。

图2-26　线绘凤凰与狮子头像

四、线的面化

所谓线的面化，即通过线在平面上有序或无序的排列或组合而形成的面状形态，线的密集程度越高，则面的感觉就越强，如图2-27所示。线的面化在平面构成中有着重要的表现功能。

图2-27　线的面化

第三节　面

在自然界和我们的日常生活中，面可以说是无处不在，大到天空、沙丘、群山，小到窗户、芭蕉叶、洋葱剖面等都可以称之为面，如图2-28与图2-29所示。

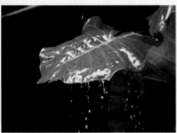

图2-28　大自然中的面

图2-29　生活中的面

一、面的概念

线是点移动的轨迹，同理，面是线移动的轨迹。所以，点的密集或扩大，线的聚集和闭合都能产生面。面是容纳点和线的空间，是构成各种可视性形态的容器。它可以通过大小、形状、轮廓等变化来表达情感，也可用色彩、肌理、技法等来丰富内涵，如图2-30所示。

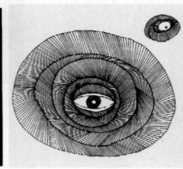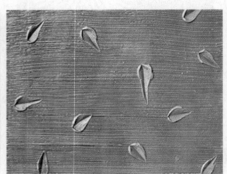

图2-30　面的构成

二、面的形态

（一）几何形面

所谓几何形面是指以数学方式构成的面，如三角形、正方形、梯形、圆形、菱形和矩形等，一般需运用工具描绘。例如，将几个几何形状的面做自由组合，如等比分割、黄金分割等，可表现出秩序、平衡、理性、机械而冷静的效果，如图2-31所示。

图2-31　几何形面

（二）曲线形面

曲线形面是指面的边线为曲线，它具有曲线所表现出的情感特点，易让人产生柔软、轻快、自由之感，富有生命韵律，如图2-32所示。

图2-32　曲线形面

（三）自由形态面

自由形态面是面的边线可由直线和自由弧线随意组合，它具有随意、浪漫而典雅的气质，极具魅力，如图2-33所示。但是，使用这类面时，要求创作者把握好尺度，否则可能会使作品显得杂乱无章。

图2-33　自由形态的面

（四）偶然性形态面

偶然性形态面不是有意创造的，而是具有偶然性。它可以通过特殊的技法，如敲打、颜料的喷洒、拓印等技术手段来实现。偶然性形态面给人一种自由生长、生意盎然、放纵的感觉，如图2-34所示。

三、面的构成及应用

面具有充实的块状美丽和丰富的表现特征，还可以自由组合，因此，面被广泛应用于商标设计、海报设计、家具设计、建筑设计、摄影艺术和包装设计等平面设计中，如图2-35至图2-37所示。

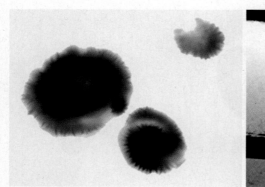

图2-34　偶然形态面

图2-35　通过组合面设计的海报　田中一光

悉尼歌剧院　约恩·乌松　　　　　　　香奈儿流动艺术馆　扎哈·哈迪德松

图2-36　建筑中的面——面组合与立体化

图2-37 摄影中的面——利用面塑造人物

课后作业

1. 制作点、线、面的作业各一张，深入体会它们在画面构成中的效果和作用。

   要求：构图合理，具有形式美感，尺寸：25cm×25cm

2. 制作点、线、面结合作业一张。

   要求：合理利用构成元素，尺寸：25cm×25cm

3. 讨论如何在设计中灵活运用点、线、面的构成要素。

第三章
平面构成的基本形与骨格

第三章　平面构成的基本形与骨格

本章导读

　　当代平面构成中很重要的新概念就是基本形与骨格。基本形是构成画面的基本元素，并且是具有创造性特点的图形创意元素。骨格是支撑基本形的基本空间组织形式，决定了基本形的形状、大小、方向和位置的变化。在本章中我们将初步认识基本形及其变化形式，掌握基本形分解与组合的基本方法。了解骨格的概念及作用，进一步认识规律性骨格和非规律性骨格的构成形式。

第一节　基本形

一、基本形的概念

　　一切用于平面构成中最基本的视觉形象组合的单元形通称为基本形。基本形由一组相同或相似的形象组成，具有面积、大小、色彩、形状和肌理的视觉感。点、线、面是构成基本形的元素，同时也可以是基本形。因此，基本形是相对而言的，它强调的是单元和整体的关系。

二、基本形的构成

　　基本形大体上可分为具象形和抽象形。

　　（一）具象形

　　具象形是以自然形态和人工形态为主体的。自然形态是指可视或可触的客观存在的形态。如山脉、河流、树木、草原等，它们是艺术创作者取之不尽的源泉，如图3-1所示。

图3-1　自然形态的具象形

人工形态主要是指人类有目的、有意识创造的形态，如建筑、家具、雕塑、服饰等。它表达了人们的思想追求和审美观，不同时代、不同的民族会形成不同的创造风格，如图3-2所示。同时，人工形态也可以通过对形象整体或局部的分解、组合和重新构建，从而形成一个新的形态，如图3-3所示。

图3-2　人工形态的具象形（1）

图3-3　人工形态的具象形（2）

（二）抽象形

　　抽象形是将复杂的形态高度概括为点、线、面等简洁的视觉构成元素，进而通过有规律或非规律的几何形态组合和排列而成，如图3-4所示。

规律抽象形组合　　　　　　非规律抽象形组合　《格尔尼卡》毕加索

图3-4　抽象形组合

　　抽象形也可以理解为一个符号化的过程。很多企业的标志就是一个抽象形的演变过程，如图3-5所示。

中国联通标志　　　　　　　　　　　英国皇家邮政标志

图3-5　抽象形符号化的过程

1902　　　　1909　　　　1916　　　　1926　　　　现在

图3-6　奔驰logo

　　当然，抽象形也可以完全脱离具体形态，直接用几何图形重组成新的单元形，如图3-6所示的奔驰logo。高度概括的抽象形一般具有简洁明快的特质，如图3-7所示。

图3-7　抽象单元形

三、基本形的组合关系

当两个以上的基本形相遇时，会产生多种不同的形的关系，总体上分为分离、接触、联合、重合、覆叠、透叠、差叠、减缺八种基本形式，如图3-8所示。

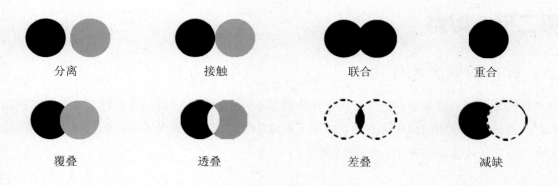

图3-8　基本形之间的关系

（一）分离

分离是指形和形之间保持一定的距离而不接触，呈现出各自的图形原貌。

（二）接触

接触是指形和形的边缘恰好相切。

（三）联合

联合是指形与形相交融合，而无上下前后之分，结合成为一个新形。

（四）重合

重合是指形与形完全重叠在一起并成为一体。

（五）覆叠

覆叠是指形与形叠靠在一起，覆盖在上面的形不变，而被覆盖的形发生了变换，由此产生一上一下、一前一后、一全一缺的空间关系。

（六）透叠

透叠是指形与形局部相互交错重叠，交错重叠部分产生透明感觉，不掩盖彼此形象的轮廓，也不产生前后或上下的空间关系。

（七）差叠

差叠是指形与形相互交叠，交叠部分保留，其余部分被减去，从而形成新的形。

（八）减缺

减缺是指形与形相互重叠，覆盖产生了前后上下的关系，保留覆盖上面的形象，被上面覆盖所留下的剩余形象为减缺的新形象。

第二节　骨格

一、骨格的概念和作用

骨格是用来组织和管理基本形在图形中的基本结构的框架。骨格是支撑基本形的空间组织形式，是预想图样的结构和格式。它决定了构成中基本形的设置及关系，包括基本形的形状、大小、方向和位置等的变化，如图3-9所示。

图3-9　骨格的表现

二、骨格的分类

（一）规律性骨格

规律性骨格有精确的骨骼线，是以严谨几何方式构成的。具有强烈的秩序感，如图3-10至图3-12所示。

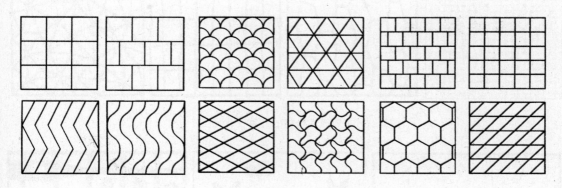

图3-10　规律性骨格的几种变化形式

图3-11　规律性骨格（1）

图3-12　规律性骨格（2）

（二）非规律性骨格

非规律性骨格是指规律性不强或者没有规律可循的构成形式，具有极大的随意性和自由性，如图3-13至图3-15所示。

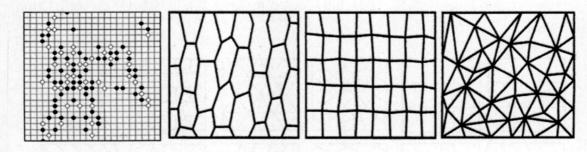

图3-13　非规律性骨格的几种变化形式

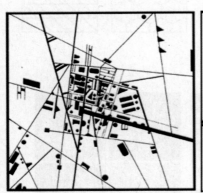

图3-14　非规律性骨格（1）

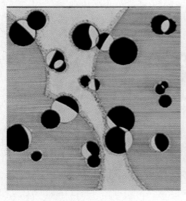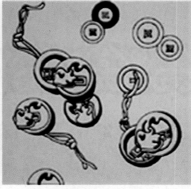

图3-15　非规律性骨格（2）

课后作业

1. 简述你对形与骨格的认识和理解。

2. 制作规律性和非规律性骨格的作业各一张。尺寸：25cm×25cm

第四章
平面构成的视知觉

第四章　平面构成的视知觉

本章导读

　　视知觉包含了接收信息的视觉和判断信息的知觉两个部分，两者密不可分。前者是一个绝大多数人都能完成的视觉传递过程，后者则会根据不同情况而得出不同的知觉判断，并做出不同的反应。

　　本章主要通过"错视"和"图地"两个章节来深入了解平面视知觉的相关原理及其在设计中的运用。

第一节　错视

　　错视又称视错觉，是人们对形态的视觉把握和判断与所观察物体的现实特征有误差的现象。错视对设计有重要的影响，它能使设计作品更具巧思和创意。

一、点的错视

（一）点的大小错视

1. 色感对比的影响

　　同等大小的两点，白底上的黑点感觉上要比黑底上的白点小些，这是由于同等面积下明度高的色较为醒目，会首先吸引人的视线，如图4-1所示。

图4-1　点的大小错视（1）

2．周围形态的影响

相同大小的点会受到环境的影响而使人产生大小上的错视。例如，当同样大小的点被大小不同的方框包围时，圆点在边长短的方框中显得大。同理，同样大小的两个圆点在直径小的外圆包围下显得大些，如图4-2所示。

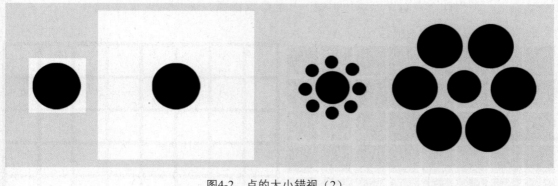

图4-2　点的大小错视（2）

3．位置关系的影响

点的位置排列也会影响到视觉感受。例如，同等大小的两点，上方的点较下方的点大些，这是由于人的视觉顺序习惯为从上到下、从左到右，先进入视线的点较易吸引注意；在由两个直线形成的夹角中，靠近尖角的比远离尖角的点显得大些；与夹角两边相切的同样大小的点，小角度中的点看上去要比大角度中的点显得大些，如图4-3所示。

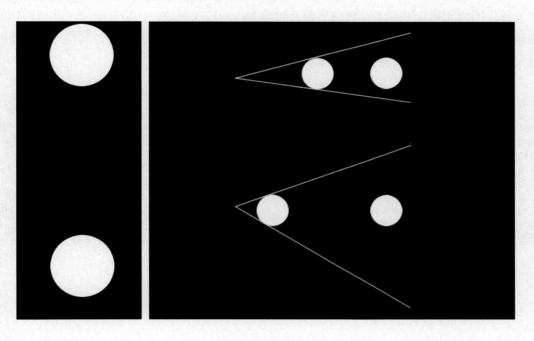

图4-3　点的大小错视（3）

（二）点的明暗错视

在不同的背景下，我们可以感受到相同亮度点的明暗差异。在图4-4所示的赫曼格子错视中，当背景为黑色，注视背景图中一个交叉点时，会发现周边的交叉点要暗些；反之，若背景为白色，则情况正好相反，眼睛注视的交叉点周边的点要显得亮些。这是因为明暗对比会集中在交叉点上，使得这个点对比度更加强烈，从而导致错视。

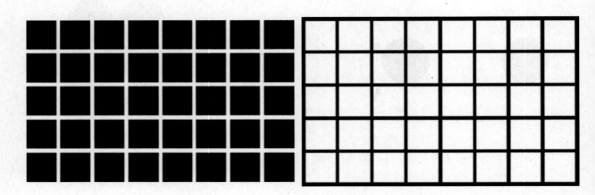

图4-4　点的明暗错视　赫曼格子错视

（三）麦穗错视

日本当代著名错视大师北冈明佳运用"点的明暗错视"原理提出了麦穗错视。他选择了类似"麦穗"的点元素，并且麦穗椭圆形的外轮廓上，一边是亮边，一边是暗边。北冈明佳通过将麦穗的大小、方向进行巧妙的排布，创造了许多点错视的波动视幻效果。其特点是：当盯着麦穗某一局部看，会发现其他的麦穗在波动，如图4-5与图4-6所示。

图4-5　麦穗错视（1）北冈明佳

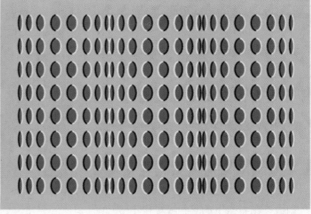

图4-6 麦穗错视（2）北冈明佳

二、线的错视

线的错视是指线与线或线与其他形相互对照，使线的性质与实际情形发生偏差的视觉现象。常见的有长短、曲直的错视。

（一）等长线段不等长的错视

两条长度相等的线段，在周围环境的作用下，使人产生线段不等长的感觉。这是由于周围形态对线段产生强烈的影响所造成的，如图4-7所示。

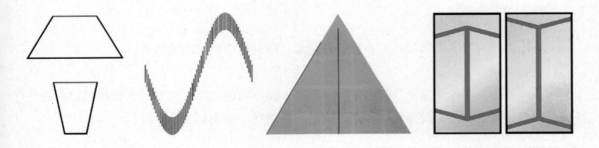

图4-7 等长线段不等长的错视

（二）斜线背景下的错视

在斜线背景下，直线会显得不直，平行线也会产生不平行的错视，呈现向外或向内弯曲的现象。同理，类似斑马线上的平行线也会显得不平行，如图4-8所示。斜线背景还会产生圆形不圆，方形不方的错视，如图4-9所示。

斜线交错背景下的平行线显得不平行　　　　斑马线上的平行线显得不平行

图4-8　斜线背景下的错视（1）

图4-9　斜线背景下的错视（2）

此外，斜线背景下的错视还有两种特殊现象，即赫林错视和温特错视。

1. 赫林错视

两条平行线位于两个扇形（扇心是同一个点，扇叶向两侧展开的扇形）斜线时，两条平行线因受到斜线的影响而呈向外弯曲状，这就是赫林错视，如图4-10所示。

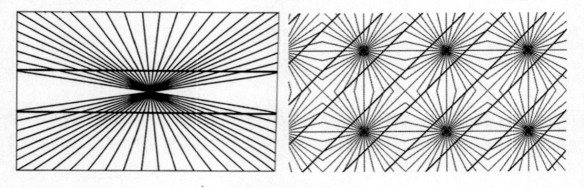

图4-10　赫林错视

2．温特错视

两条平行线位于两个扇形（扇心相对，扇叶相接的扇形）斜线上时，这两条平行线因受斜线的影响呈向内弯曲状，这就是温特错视，如图4-11所示。

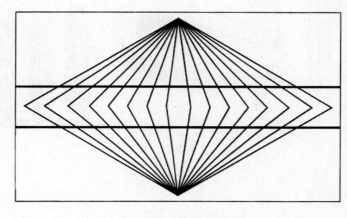

图4-11　温特错视

（三）弧线错视

当以弧线作为背景时，则会出现弧线背景上的直线不直、方形不方的错视现象，如图4-12所示。

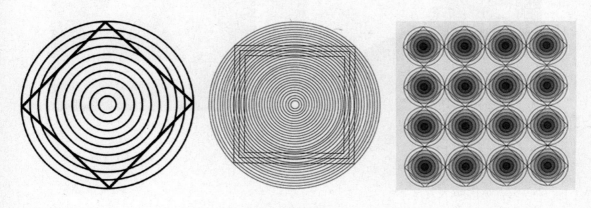

图4-12　弧线错视

三、矛盾空间

（一）矛盾空间的概念

所谓矛盾空间是指现实生活中不存在，但在虚拟假设的二维形式中却能表现出来的空间，实际上它是一种视错觉印象。其本质上就是在画面中故意违背传统的透视原理，转换视点或位置造成视错觉，构建出一个看似合理但实际上并不合理的空间，如图4-13所示。

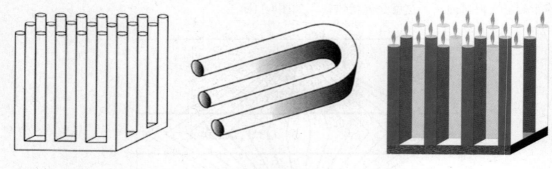

图4-13　矛盾空间

（二）矛盾空间实例

1．彭罗斯三角形

罗杰·彭罗斯是英国著名的物理学家、数学家，彭罗斯三角形是20世纪50年代他和父亲一起合作设计出的。这是一个不符合常理并且充满矛盾的三角形，如图4-14所示。

罗杰·彭罗斯

（Roger Penrose,1931- ）

图4-14　彭罗斯本人及彭罗斯三角形

2．埃舍尔作品

埃舍尔是著名的矛盾空间大师，他经常利用矛盾空间造成的虚构幻想与我们所认识的真实世界相比较，从而使人产生迷惑和惊奇。他利用彭罗斯三角形原理绘制了著名的《相对性》石版画。除此之外，埃舍尔还利用矛盾空间的原理创造了大量的作品，如图4-15所示。

埃舍尔
M.C.Esche（1898-1972）

观景楼

相对性　彭罗斯三角形原理

图4-15　埃舍尔本人及其作品

3．莫比乌斯带

莫比乌斯带是德国数学家莫比乌斯发现的，它是一种单侧、不可定向的曲面。埃舍尔《莫比乌斯带》作品反映了莫比乌斯带原理。他让一只蚂蚁从网带正面开始爬行，当蚂蚁爬行整整一圈后，没有回到原来的位置，而是回到出发点的背面。当它继续爬行一圈，却又奇迹般地回到了爬行的起点。也就是说，蚂蚁不翻越任何边界就爬遍了网带所有的地方，如图4-16所示。

莫比乌斯
Ferdinand Mobius，
（1790-1868年）

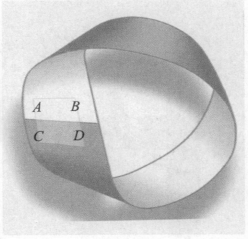

图4-16　莫比乌斯本人及莫比乌斯带

4．疯狂板箱

疯狂板箱是美国的科克伦按照埃舍尔在《观景楼》中设计的立方体制作的矛盾空间模型。在现实生活中有人还做出了现实中不可能存在的疯狂板箱，实际上是利用拍摄角度欺骗了观众，如图4-17所示。

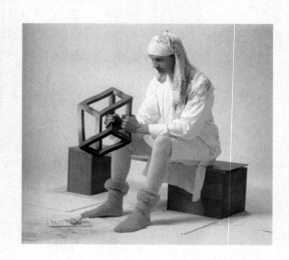

图4-17　疯狂板箱

（三）矛盾空间的应用实例

矛盾空间利用了平面的局限性以及视错觉，创造出奇特的空间，变不可视为可视。正是这种空间存在的不合理性使画面更具吸引力、更富有生趣，从而引起观者的注意和兴趣，如图4-18与图4-19所示。

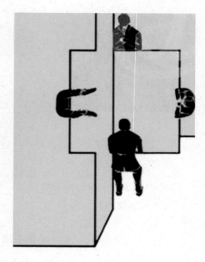

图4-18　矛盾空间在招贴设计中的应用　福田繁熊（1）

图4-19 矛盾空间在招贴设计中的应用（2）

第二节 图地

在平面上成为视觉对象的形，我们称之为"图"；在"图"周围的空间形象被称为"地"。图又被称为正的形象，地是负的形象。本章中的"图地"关系是从狭义上来讲的，是指具有典型的视知觉关系的、有着强烈的视觉表现力的图形类群，本小节主要从图地反转和契合图形两个方面来探讨。

一、图地反转

图与地之间是衬托与被衬托的关系，图与地的关系并不是一成不变的，它们之间是可以相互转化的。1915年，丹麦心理学家爱得加·鲁宾绘制了著名的《鲁宾杯》，这张图很好地概括了图地反转的原理。有人还根据这一原理制作了现实生活中的"鲁宾杯"，其背景就是英国女王伊利莎白二世和其夫君菲利普亲王的相视照，如图4-20所示。

图4-20 鲁宾杯

这种构成中所产生的"图"与"地"（也就是"正""负"形）随时变化的关系，使这类图形本身具备了多样性和趣味性的特征，为设计添光增彩，如图4-21至图4-23所示。

扶梯之间的人体　　　　　　　　老奶奶与少女　　　　　　　　达利与裸女骷髅

图4-21　图地反转

图4-22　图地反转在招贴设计中的应用　福田繁雄

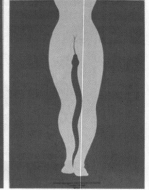

图4-23　图地反转在海报设计中的应用

二、契合图形

契合图形是图地的另外一种特殊形式。契合就是在几个基本形之间，根据各自的形态特点，找到一个基本形（图）与另一个基本形（地）边界形态之间的对应关系，让双方形态融合构成一个新的整体，这样形成的图地关系图形就是契合图形。契合图形在中国传统图案中也有所体现，如图4-24所示。

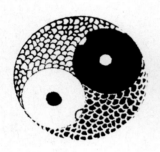

图4-24　中国传统图案中的契合图形

契合图形最早应该来自于工程上的实际运用，它在建筑工程上非常实用，并且符合力学原理。比如在伊斯兰式建筑构成图案中，契合图形就是一种最基本的形式。它的特点是基本形单一，可以无限连续的构成，如图4-25所示。

鱼和船　　　　　　　　　　蜥蜴　　　　　　　　　　　骑士

图4-25　契合图形　埃舍尔

课后作业

1. 谈谈你对"错视"和"图地"的理解，并试绘制赫林错视和温特错视各一张。

2. 动手制作"矛盾空间"、"图底反转"、"契合图形"作业各一张。

尺寸：25cm×25cm

第五章
平面构成的形式美法则

第五章　平面构成的形式美法则

本章导读

　　在平面艺术中，"形式"指用点、线、面所成功塑造的效果。形式美是指自然、生活、艺术中各种形式因素（色彩、形状、线条及声音等）及其规律性组合所具有的美，包括平衡、对称及和谐等。平面构成中形式美的法则正是对形式的美和美的形式的高度概括，其主要包括变化与统一、对称与平衡、对比与调合及节奏与韵律。

第一节　变化与统一

　　变化与统一是艺术领域中的基本形式原则，也是平面构成中形式美的总法则。它是指形式美中多种形式因素按照富于变化而又有规律的结构组合的法则，体现了生活和自然中多种因素对立统一的规律。

一、变化

　　变化是指在构成中强调各构成元素各自的特点，使画面呈现出丰富的差异性的美感。变化的形式多种多样，如形态、大小、色彩、方向、曲直、浓淡、肌理质感变化等等。变化能使设计主题更加鲜明突出，画面更具有视觉冲击力和跳跃性，如图5-1所示。

图5-1　不同的变化

二、统一

统一是把性质相同或相近的造型要素或符号有意识地排列在一起，是设计者对画面的整体美感进行调整和把握的方式和方法，以表现出画面的整体感和秩序感。统一赋予造型以条理、和谐和秩序的特质，使视知觉得到一种持久的、可预测的美感，如图5-2所示。

图5-2　元素的统一

变化与统一寻求运动与静止、变化与有序的结合。变化的因素越多，动感就越强烈；统一的因素越多，则越能表现出有序而安定的效果。形状有大小、长短、方圆、曲直等之分，结构有虚实、聚散、纵横等之分，颜色有明暗、冷暖、浓淡等之分。这些对应的因素合理地统一在具体的画面中，便形成了和谐的美感，如图5-3与图5-4所示。变化与统一要彼此制约、相互补充、反复推敲，做到合情合理。

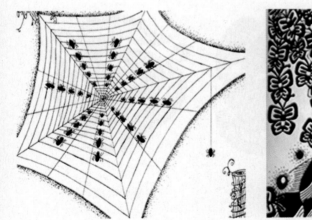

图5-3　变化与统一（1）

图5-4　变化与统一（2）

第二节　对称与均衡

对称与均衡是平面构成中最基本的原理，也是平面构成中最基本的形式美法则。对称和均衡都是使画面达到平衡的手法。

一、对称

对称是指两个或两个以上的单元形在一定秩序下向中心点、轴线或轴面构成的一一对应的现象。对称给人平衡的视觉感受，具有端庄祥和、严谨稳定的美感。对称可以分为轴对称、中心对称、旋转对称。

图形以对称轴为中心，形成左右、上下或倾斜一定角度的等形对称称为轴对称；对称图形的对称点在中心称为中心对称；图形按照一定的角度旋转得到放射状的图形对称称为旋转对称，如图5-5所示。

轴对称对称　　　　　　　　　中心对称　　　　　　　　旋转对称

图5-5　对称关系

二、均衡

均衡也称作平衡，是通过重新组织图形中的构成要素，使得力量相互保持平等均衡，从而达到一种平衡的视觉美感和心理上的安定感。均衡是对称结构在形式上的发展，是由形的对称转化为力的对称和协调，是一种重心的平衡，体现为"异形等量"的外观，从视觉上来讲是一种等量和不等形的力的平衡状态。

在设计中，均衡是一种比较自由的表现形式，它比对称在视觉上显得灵活多变、新鲜，带有动感，并富有变化、统一的形式美感，如图5-6与图5-7所示。

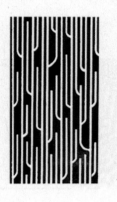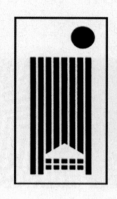

图5-6 均衡表现

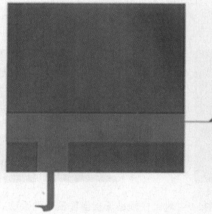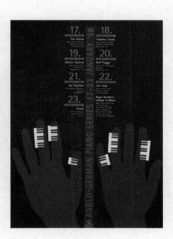

图5-7 均衡在设计作品中的表现

第三节 对比与调和

对比的差异能够建立画面的层次感和视觉重点。但有时为了缓解对比产生的冲突感，需要对要素进行调和，以达到画面的统一、和谐。

一、对比

对比是互为相反的要素设置在一起时所形成的对立状态。不同的要素配置在一起，彼此刺激，能使各自的特点更加鲜明突出，使强者更强，弱者更弱，大者更大，小者愈小，视觉效果更加活跃。

对比会形成强烈的紧张感，具有震撼人心的力量，并富有视觉冲击力。对比有大小、数量、方向、位置、和色彩对比等，如图5-8与图5-9所示。

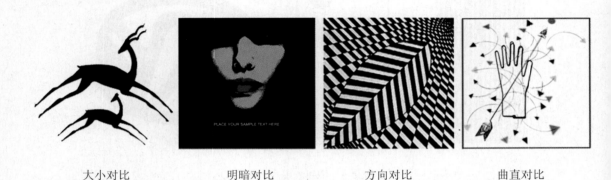

大小对比　　　　　明暗对比　　　　　方向对比　　　　　曲直对比

图5-8　对比在招贴设计中的应用

图5-9　对比在招贴与摄影作品中的表现

二、调和

调和是从差异中求"同"，将多种元素相互联系，使之和谐统一，产生协调的美感。调合在变化中寻找各元素的基本一致，给人以融合、宁静和优雅的感觉，如图5-10与图5-11所示。

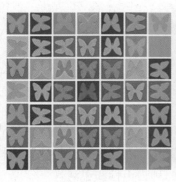
重复调合

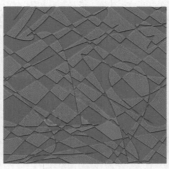
分割调合

面积调合

图5-10　调合的表现（1）

几何调合

近似调合

色彩调合

图5-11　调合的表现（2）

　　对比和调合是互为相反的因素，平面设计中要达到既有对比又有调和的统一，就必须通过设计者有意识的艺术加工。将对比与调和完美地融合在一起，可以达到变化中有统一，静中有动的审美效果，如图5-12所示。

位置对比与调和

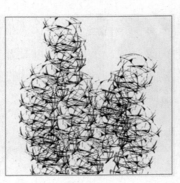
数量对比与调和

色彩对比与调和

图5-12　对比与调合

第四节 节奏与韵律

节奏和韵律是从音乐和诗歌中引入的专业术语。在平面构成中，节奏和韵律是形式美的主要法则之一。重复和渐变构成体现出一种重复性的节奏和起伏变化的韵律，是一种秩序性和协调性的美感。同时，在密集构成中，节奏和韵律也可以体现出一种自由性和灵活性。

一、节奏

节奏原指音乐节拍轻重缓急的变化和重复，而在平面构成中则指同一要素重复时所产生的运动感，是依靠两个或两个以上相同或类似的单元形，在不断反复中表现出的快慢、强弱等心理效应，表现为高低起伏而又统一有序的律动美和秩序美，如图5-13所示。

图5-13　节奏的表现

二、韵律

韵律原指音乐中和谐悦耳而有节奏的声音组合的规律。平面构成中的韵律是指某一个基本形或复杂形连续交替、反复产生的美感形式。韵律也可以是整体的气势和感觉，如山脉、溪水所具有的韵律，书法中的行笔、布局也讲究韵律。在构成和设计中，形态框架和空间组织总体来看起伏变化的就是韵律，如图5-14所示。

图5-14　韵律的表现

　　在平面构成中，节奏与韵律往往相互依存，互为因果，节奏是简单的重复，它是韵律的基础；韵律是对节奏的深化，是有变化的重复。节奏带有一定程度的机械美，而韵律又在节奏变化中产生无穷的情趣。

课后作业

　　1. 搜集平面设计资料，用形式美法则分析这些作品。

　　2. 分别以 "变化与统一"、"对称与均衡"、"对比与调和" 以及 "节奏与韵律" 为主题完成构成练习各一张。

　　　　尺寸：10cm×10cm

第六章
平面构成的基本形式

第六章　平面构成的基本形式

本章导读

　　平面构成的基本形式是平面作品的表现手法和组织手段，如重复、近似、渐变、发射、变异、密集、对比、肌理、分割等，用以创造美的视觉效果。

第一节　重复构成

一、重复构成的概念

　　重复构成是指在同一画面中，相同的基本形或骨格依照一定的构成原则连续多次出现而形成有秩序、有规律的形式。重复构成的画面效果统一、规整，形态上具有连续性和一致性，如图6-1所示。

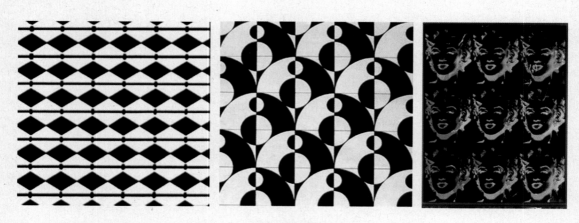

图6-1　重复构成

二、基本形的重复

　　在构成设计中，连续不断地使用同一个基本形构成的画面称为基本形的重复。基本形的重复可以使设计产生绝对的和谐统一。

　　基本形的重复在形式上还分为绝对重复和相对重复两种类型。绝对重复是指基本形始终不变的反复使用，它具有严谨、统一的观感，但也易产生平淡、呆板之感，如图6-2所示。相对重复则是指在整体重复的前提下，部分要素（如基本形的方向、大小、位置等）产生规律性的变化，它于严谨中求变化，使画面更加灵活、丰富，如图6-3所示。

图6-2　基本形的绝对重复

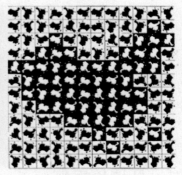

图6-3　基本形的相对重复

　　基本形的群化是基本形重复构成的一种特殊表现形式。与一般的重复构成不同，它并不依赖于骨格和框架来组合构成，而是可以独立存在的，如图6-4所示。因此，这种构成形式经常运用于标志、商标和符号的设计，具有精炼、醒目而稳固的视觉特点，如图6-5与图6-6所示。

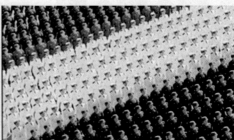

图6-4　基本形的群化

图6-5　基本形群化的应用（1）

图6-6　基本形群化的应用（2）

三、骨格的重复

骨格的重复构成就是指骨格的每个空间单位完全相同，即重复的形在一定的框架与格式中，进行规律、有序的排列。最基本的骨格重复是方格组织（即正方形），通过方格比例、方向的改变、骨格单位的联合和细分以及骨格线的弯曲，可演变出多种形式的骨格重复形式，如图6-7所示。

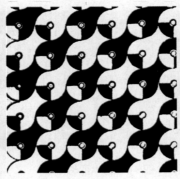

图6-7　骨格的重复

四、重复构成的应用实例

重复构成是设计中最常见的一种手法。形象只要通过多次的展现，就会给人的心理留下深刻的印象，造成有规律性的节奏感，使画面显得统一、有序，如图6-8与图6-9所示。

图6-8　重复构成在海报设计中的应用

图6-9　重复构成在标志设计中的应用

第二节　近似构成

一、近似构成的概念

近似构成是基本形或骨格在整体协调的基础上进行适度的变化。近似构成是重复构成的轻度"变异"，是求大同存小异，是基本形产生局部的变化，但又不失整体相似的特点。近似构成在统一中寻求变化，具有较强的整体感和生动感，如图6-10所示。

由于近似构成的基本形是由多个相似的基本形组成，所以要注意避免出现零乱之感。

图6-10　近似构成

二、基本形的近似

　　基本形的近似是指基本形相似的构成，可以通过添加或减少基本形，改变基本形的大小、方向、颜色、肌理等来实现，如图6-11与图6-12所示。近似的程度可大可小，但应注意，若近似程度太大，就容易产生重复的感觉；反之，近似的程度太小就会破坏整体的统一感，从而失去了近似的特征。所以，在实际的应用中要注意把握近似的尺度。

图6-11　基本形的近似（1）

图6-12　基本形的近似（2）

三、骨格的近似

　　骨格的近似是指骨格线在形状、大小上有着相似的变化，基本形随着骨格的变化而变化，从而形成新的表现形式。这种骨格的形式比较自由，富有艺术气质，如图6-13与图6-14所示。

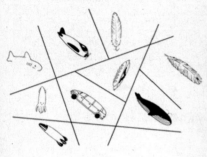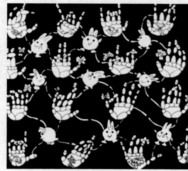

图6-13　骨格的近似（1）

图6-14　骨格的近似（2）

四、近似构成的应用实例

　　近似构成使画面有序、统一而不失灵活性和自由性，赋予设计作品更多的创意和生动感。近似构成在平面设计中有着广泛的应用，如图6-15与图6-16所示。

图6-15　近似构成在海报设计中的应用

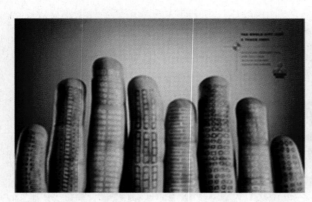

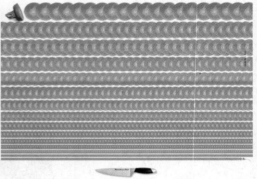

Mitsubishi 三菱汽车广告　　　　　　　　KitchenAid 刀广告-胡萝卜篇

图6-16　近似构成在广告设计中的应用

第三节　渐变构成

一、渐变构成的概念

渐变构成是指基本形或骨格进行循序渐进的推移变化。形态的大小，色彩的浓淡、冷暖及其位置、方向、肌理等都可成为渐变的因素。

渐变构成使画面充满了趣味性和节奏感，如图6-17所示。在应用渐变构成时，需要设计者把握好渐变的节奏。若变化太快，会失去连贯性，韵律感随之减弱；反之，则又会产生重复感，失去了渐变的意义。

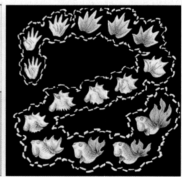

图6-17　渐变构成

二、基本形的渐变

基本形的渐变是指基本形的形状、大小、位置、方向、色彩等逐渐的变化。基本形可以由完整到残缺、由简单到复杂、从抽象到具象进行有规律地递增或递减，如图6-18与图6-19所示。在平面构成中，基本形渐变最典型的例子就是艺术大师埃舍尔的作品，如图6-20所示。

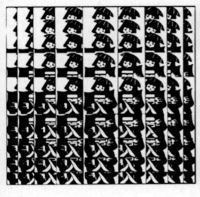
完整到残缺

抽象到具象

形状渐变

图6-18　基本形的渐变（1）

方向渐变

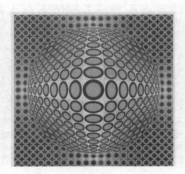
大小渐变

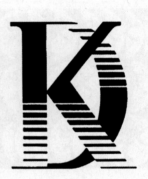
疏密渐变

图6-19　基本形的渐变（2）

天与水

昼与夜

图6-20　基本形的渐变（3）　埃舍尔作品

三、骨格的渐变

骨格的渐变即骨格线的位置逐渐地、有规律地循序变动，从而使基本形在形状、大小、方向等方面发生变化。骨格线可以作水平、垂直、斜线、折线、曲线等各种渐变。

骨格的渐变大体上可分为单元渐变、双元渐变、联合渐变、折线渐变以及等级渐变。

单元渐变：仅用骨格的水平线或垂直线作单向序列渐变，如图6-21（a）所示。

双元渐变：水平线和垂直线同时产生变动。双元渐变比单元渐变更具有立体感和运动感，如图6-21（b）所示。

联合渐变：将骨格渐变的几种形式结合使用，成为较为复杂的骨格单位，如图6-21（c）所示。

折线渐变：将竖的或横的骨格线弯曲或弯折，如图6-21（d）所示。

等级渐变：将骨格作横向或纵向整齐错位移动，产生梯形变化，如图6-21（e）所示。

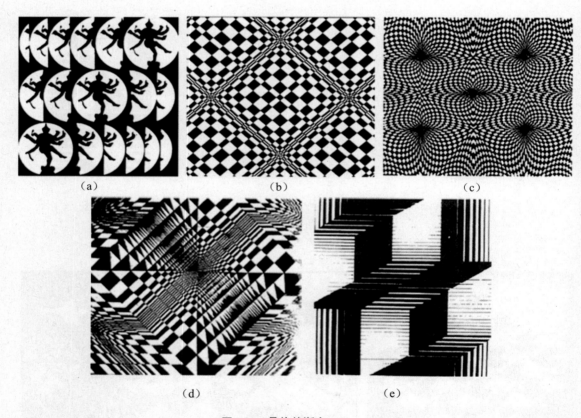

（a）　　　　　　　　　（b）　　　　　　　　　（c）

（d）　　　　　　　　　（e）

图6-21　骨格的渐变（1）

渐变骨格的精心排列，会产生特殊的视觉效果，有时还会产生错视和运动感，如图6-22所示。

图6-22　骨格的渐变（2）

四、渐变构成的应用实例

　　渐变构成不受自然规律的限制，可以根据设计的需要而进行随意的变动，能产生强烈的透视感和空间感，具有灵活、自由而趣味的视觉效果，在平面设计中有着较为广泛的应用，如图6-23至图6-25所示。

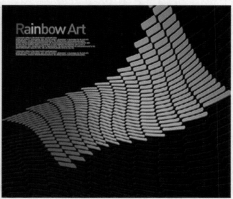

图6-23　色彩渐变在招贴设计中的应用

图6-24　渐变构成在汽车广告中的应用

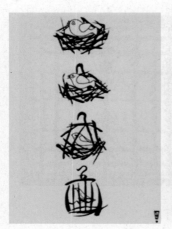

图6-25　渐变构成在公益广告中的应用

第四节　发射构成

一、发射构成的概念

发射构成是基本形或骨格围绕一个或多个中心点向内集中或向外扩散的一种特殊的重复形式，也可以说是一种特殊的渐变形式。发射构成有两个显著的特征：其一，发射具有很强的聚焦，这个焦点位于画面的中央；其二，发射有一种深邃的空间感，所有的图形都向中心集中或向四周扩散。发射构成具有较强的动感及节奏感，如图6-26所示。

图6-26　发射构成

二、发射构成的形式

（一）发射骨格的构成要素

发射骨格由发射点和发射线两部分组成。

发射点即发射中心，是焦点所在。发射点可以直接显现，也可以隐藏起来；可以是一个，也可以是多个；可以是运动的，也可以是静止的；可以在画面内，也可以在画面外。

发射线即骨格线，形态上表现为直线、曲线、折线等。发射的方向可以有一个，也可有多个。

（二）发射构成的形式

发射构成根据发射点、发射方向、发射轨迹及发射物可分为以下几种类型。

1. 以发射点进行分类

以发射点进行分类，发射构成可分为一点式和多点式发射，如图6-27所示。

一点式发射：发射点只有一个，呈现离心式或向心式分布。

多点式发射：发射点有多个，发射方向可以任意设定和变换。

一点式发射　　　　　　　　　　　　　　多点式发射

图6-27　以发射点分类的发射构成

2. 以发射方向进行分类

以发射方向进行分类，发射构成可分为离心式发射和向心式发射，如图6-28所示。

向心式发射：即发射点在外部，自外向内辐射，是来自周围的向中心汇拢的一种构成形式。

离心式发射：即发射点在内部，发射的线和基本形由此中心向外呈发射状。

向心式发射　　　　　　　　　　　　　　离心式发射

图6-28　以发射方向分类的发射构成

3. 以发射轨迹进行分类

以发射轨迹进行分类，发射构成可分为发射式发射、同心式发射和旋转式发射，如图6-29所示。

发射式发射：由发射点直接向外或向内呈发射状分布，其发射轨迹多为线状，给人以光芒四射的视觉感受。

同心式发射：由发射点开始呈波状向外辐射，表现为一圈圈的环形一层层地向外扩散。

旋转式发射：由围绕着发射点发射线旋转扩大形成螺旋式的发射。

发射式发射　　　　　　　　同心式发射　　　　　　　　旋转式发射

图6-29　以发射轨迹分类的发射构成

4. 以发射物进行分类

以发射物进行分类，发射构成可分为发射线式和发射基本形式，如图6-30所示。

发射线：以线为单位由发射点向内或向外发射的类型。

发射基本形：以基本形为单位围绕发射点辐射或聚集而成的构成。

发射线　　　　　　　　　　　　　　　　　发射基本形

图6-30　以发射物分类的发射构成

三、发射构成的应用实例

发射构成具有方向的规律性，可以向中心集聚，也可以由中心向外围散开，从而产生一种强烈的节奏感和视觉冲击力，具有醒目、聚焦而有序的视觉效果，如图6-31所示。

图6-31　发射构成在海报设计中的应用

第五节　特异构成

一、特异构成的概念

　　特异构成是指在规律性骨格或基本形的构成内，变异其中个别骨格或基本形的特征，以突破规律的单调感，使其形成鲜明的反差，从而增加画面的趣味性和生动感。特异是相对的，程度可大可小，是在保证整体规律的情况下，小部分与整体秩序的相异，如图6-32所示。

图6-32　特异构成

　　视觉心理学告诉我们，如果几个事物具有相同的特征，人们的视觉倾向于将它们归入一类，只注意总体而不注意个体，而其中不同的个体会突显出来从而引起观者的注意，这就是特异构成的心理基础。

二、基本形的特异

　　基本形的特异是基本形在重复形式、渐变形式的基础上进行突破或变异，大部分基本形都保持不变，一小部分出现大小、形状、颜色、方向和肌理等方面的变化，打破了原有构成的规律和秩序，造成视觉上的突兀与短暂的不适应感，从而引起人们的注意。发生变化的这一小部分就是特异基本形，它能成为视觉中心，如图6-33所示。

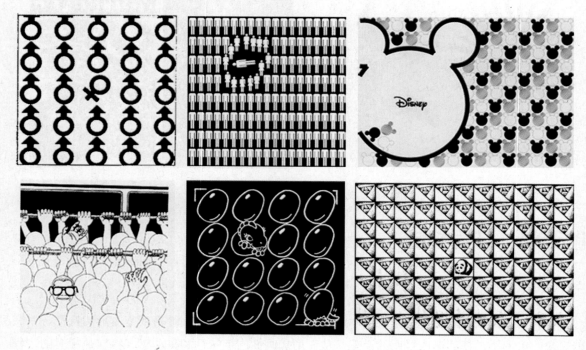

图6-33　基本形的特异

三、骨格的特异

　　骨格的特异是在规律性的骨格中，部分骨格在形状、大小、方向等方面上发生了变异，导致原来的整体性规律在某些局部受到干扰，骨格线可能互相交错、纠缠、甚至断裂，骨格单元随之变化，但同时与原规律性骨格保持联系，形成变化而统一的视觉效果，如图6-34与图3-35所示。

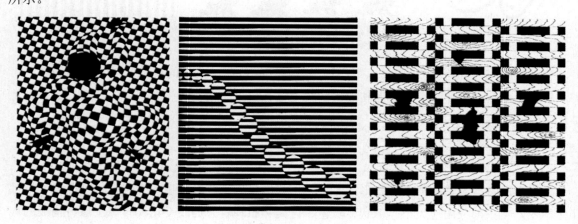

图6-34　骨格的特异（1）

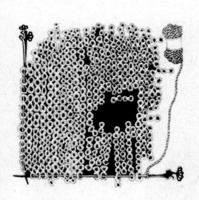

图6-35　骨格的特异（2）

四、形象特异

形象特异是指具象形象的变异。这种方法主要是对自然对象进行整理和概括，夸张其典型性格，根据设计需要通过对形象的压缩、拉伸、扭曲或局部的夸张和切割等方法来达到意想不到的视觉效果，如图6-36所示。

图6-36　形象的特异

五、特异构成的应用实例

要打破一般规律，可以采用特异的方法。它在平面设计中有着重要的运用，易引起人们的注意。例如，特大、特小、特亮、突变等异常现象会刺激视觉，从而产生振奋、震惊、质疑的心理反应，给人一醒目的视觉冲击力和深刻的印象，如图6-37与图6-38所示。

图6-37　特异构成在海报设计中的应用

图6-38 特异构成在摄影作品的应用

第六节 密集构成

一、密集构成的概念

密集构成是指众多的基本形通过无规律、有疏有密的排列使画面产生集散分明、有虚有实、虚实结合的效果。密集构成能使画面充满张力，带有鲜明的节奏感和韵律感，最密或最疏的地方往往是整个设计的视觉焦点。在密集构成中，形的面积要小、数量要多，才能达到预期的效果，如图6-39所示。

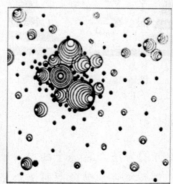
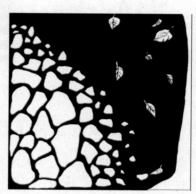

图6-39 密集构成

二、密集构成的形式

密集构成是比较自由的构成形式，包括点的密集、线的密集、面的密集及自由密集几种形式。

（一）点的密集

将基本形作为概念性的点，以密集构成的形式形成一种点的视觉趋势。在这一框架中，基本形在排列上都趋向于这个点，愈接近此点，则视觉上给人愈密的感觉。这个点在构图上可以是一个，也可以是多个，如图6-40所示。

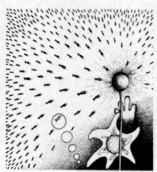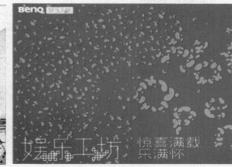

图6-40　点的密集

（二）线的密集

将线状基本形围绕中心位置进行疏密排列，离中心位置越近则密集度愈大，愈远则基本形密集就愈小。线的形态没有规定，可长可短、可曲可直、可粗可细，只要能形成狭长的基本形集合即可，如图6-41所示。

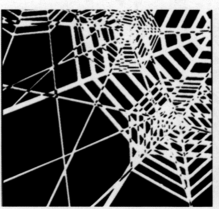

图6-41　线的密集

（三）面的密集

面的密集是指有面的形态的一些基本形的集合。可通过基本形的群化手段，利用分离、接触、联合、覆叠、透叠、差叠和减缺等变化，形成面的密集感受。面的密集具有明确的造型特征，它最能体现出设计的形体特征，如图6-42所示。

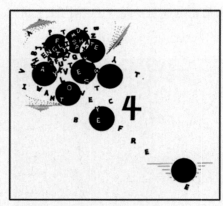

图6-42　面的密集

（四）自由密集

自由密集是基本形的任意密集，按照美学法则任意调配疏密布局，基本形自由散布，疏密变化比较微妙，没有规律可循，如图6-43所示。

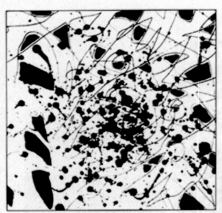

图6-43　自由密集

三、密集构成的应用实例

密集构成的构成形式较为自由、随意。基本形的疏与密、虚与实、松与紧的对比形成了画面的主次、大小、韵律的变化，使得画面充满张力，如图6-44所示。

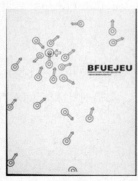

图6-44 密集构成在广告设计中的应用

第七节 对比构成

一、对比构成的概念

对比构成是构成元素之间形成的对立关系，使得某一视觉元素得以加强和突出的构成。形态的大小、肌理、色彩、位置、方向等变化都可以作为对比的因素。对比构成不以骨格线为限制，而是依据形态本身的要素来进行，因而它是一种较为自由的构成形式，但是要把握好画面整体的均衡关系，以达到对比中有协调，协调中有变化的视觉效果，如图6-45所示。

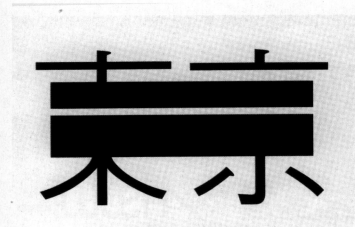

图6-45 对比构成

对比实际上是一种比较，通过比较能使互异性更加突出。自然界中到处都存在着对比关系，任何形态都不会孤立地被我们看到，它们总是与背景或其它形态相互依存、相互比较而存在的。

二、对比构成的形式

任何基本形只要处于相异的状况，如其粗细、大小、长短、明暗、曲直、方圆等，都能形成对比。对比构成在大体上可以分为方向对比、形状对比、大小对比、明暗对比和空间对比等。

（一）方向对比

方向对比是在基本形之间形成方向上或排列上的对比，如图6-46所示。

图6-46　方向的对比

（二）形状对比

形状对比是由形状的不同特征形成的，如圆形与方形、粗糙与圆润、刚与柔等都能形成对比，如图6-47所示。

图6-47　形状的对比

（三）大小对比

如果形态的大小互异，就能形成大小对比。在大小对比的同时也会产生远与近、轻与重的对比。大小对比容易突出画面的主次关系，如图6-48所示。

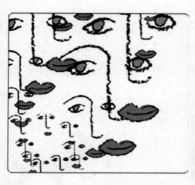

图6-48　大小对比

（四）明暗对比

任何作品都必须有明暗关系的适当配置，在画面中，要有一定的比重的重色块，又要有一定面积的亮色块，这样才会使作品的色调丰富而明快，引起观者的注意，如图6-49所示。

图6-49　明暗对比

（五）空间对比

平面中的基本形的远与近、虚与实、明与暗及正负形等都能产生空间对比。空间对比通过以虚衬实、以无衬有、以弱衬强从而使人产生深刻的印象，如图6-50所示。

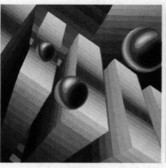

图6-50　空间对比

三、对比构成的应用实例

对比构成是平面构成中较为重要的基本形式，它给人一种明确、肯定、清晰的视觉感受。同时，强烈的紧张感又使画面充满了不稳定感和动感。对比构成在平面设计中有着重要的应用，如图6-51与图6-52所示。

图6-51　对比构成在海报设计中的应用（1）

图6-52　对比构成在海报设计中的应用（2）

第八节　肌理构成

一、肌理构成的概念

肌理通常指物体表面的质地纹理，也称质感。在平面构成中，以肌理为构成的设计，就是肌理构成。在平面构成中，对物质表面用不同的肌理表现会形成了不同的视觉感受，它带有心理联想的性质，是非常富有表现力的造型元素，如图6-53所示。

图6-53　肌理构成

　　肌理构成形式可应用平面构成中的所有形式法则。它是一种特殊的表现形式，可以作为独立的一种形式而单独存在。

二、肌理构成的形式

（一）肌理的分类

　　肌理一般分为视觉肌理和触觉肌理。视觉肌理可细分为点状肌理、线状肌理、面状肌理、彩色肌理及非彩色肌理等；触觉肌理又可细分为显性肌理（表现强烈）和隐性肌理（表现微弱）。

　　1. 视觉肌理

　　视觉肌理是可以用眼睛观察到的表面纹理，它实际上是一种平面的纹理图形，所以又称为平面性肌理。如木纹、大理石纹、动物皮纹等。影响视觉肌理的重要因素包括形和色，如图6-54所示。

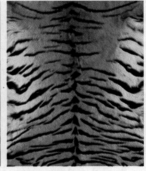

图6-54　视觉肌理

　　2. 触觉肌理

　　触觉肌理是用手触摸感觉到的肌理，有凹凸的浮雕感，又叫非平面性肌理，可以产生软、硬、光滑、粗糙等质感，如树皮纹、布匹纹、沙粒等等，如图6-55所示。

图6-55　触觉肌理

（二）肌理的转换

肌理是标志自然界中物种属性的最基本元素。一般来说，物种的肌理是不会更改的，一旦更改便会给人一种奇异的感觉。在平面构成中，肌理转换就是通过巨大的肌理反差，从而使画面产生丰富有趣的变化，以引起观者的惊愕和兴趣，让人记忆深刻，如图6-56所示。

图6-56　肌理的转换

（三）肌理创作方法

视觉肌理有很多创作的方法，如描绘、印拓、喷绘、印染、刻刮、拼贴及熏炙等。运用不同的工具和材料，可以创造出丰富多变的肌理变化，如图6-57与图6-58所示。

图6-57　肌理的表现（1）

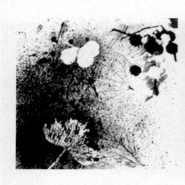
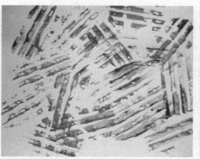

图6-58　肌理的表现（2）

三、肌理构成的应用实例

在平面设计中，为了强化表现内容，突出设计主题，需要用特殊技法创造出崭新的视觉效果以达到设计的目的。肌理不仅具有视觉感和触觉感，还有心理上的作用，如图6-59至图6-61所示。

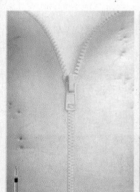

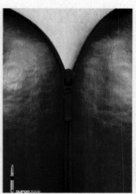

图6-59　肌理构成在广告设计中的应用—苏泊尔削皮刀广告

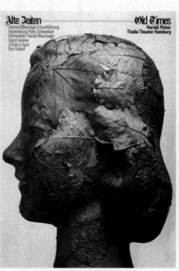

图6-60　肌理构成在海报设计中的应用（1）　马提斯

图6-61　肌理构成在海报设计中的应用（2）

第九节　分割构成

一、分割构成的概念

所谓分割构成，即按一定的比例和构图秩序对平面空间的区域进行重新划分，以使构图中各造型元素得以合理的布局。观者可以从被分割画面中的零散部分感知到整体的存在，并在整体和部分的比例中凸显出主题的存在，如图6-62所示。

图6-62　分割构成

二、分割构成的形式

（一）等形分割

等形分割是将同一形体以相同的比例及相同的形态进行分割，以求得形体完全一致的构成形式。等形分割具有整齐划一、简洁明快的特征，如图6-63所示。

图6-63　等形分割

（二）等量分割

与等形分割不同，等量分割在统一中有变化，它只要求分割后的比例一致就行，不求形的统一，表现出一种视觉的平衡感。等量分割具有均匀、均衡和安定的特征，如图6-64所示。

图6-64　等量分割

（三）比例分割

比例分割即按一定的比例进行分割，如黄金分割、矩形分割、等差分割、等比分割等。利用比例分割完成的构图通常具有明朗、有秩序的特征，给人清新之感，如图6-65所示。

图6-65　比例分割

（四）自由分割

自由分割是一种不规则的分割，其分割随意性强，给人活泼不受拘束的感受，具有灵活、自由的特征，如图6-66所示。

图6-66 自由分割

三、分割构成的应用实例

分割构成可以合理而有效地利用平面设计出优美的视觉样式。它能使单薄的画面变得丰满而充实，使复杂涣散的画面得到统一和稳定，在平面设计中有着重要的应用，如图6-67至图6-69所示。

图6-67 分割构成在海报设计中的应用（1）

Let Jergens reveal your smooth, beautiful skin.

图6-68　分割构成在海报设计中的应用（2）

图6-69　土豆分割系列海报　冈特　兰堡

课后作业

1. 简述平面构成中基本表现形式的种类、意义与特征。
2. 制作重复、近似、渐变、发射、特异、密集、对比、肌理及分割构成作业各一张。

尺寸：25cm×25cm

3. 制作综合构成作业三张，将几种构成形式（最少三种）合理结合。

尺寸：25cm×25 cm

第七章
平面构成在现代设计中的应用欣赏

第七章　平面构成在现代设计中的应用欣赏

本章导读

　　平面构成是一种视觉形象的构成，它主要是运用点、线、面等基本造型元素，在遵循形式美法则的前提下，通过不同的平面构成形式来表现不同内涵的设计作品。平面构成在各个设计行业中都有着重要的应用，如包装设计、产品设计、建筑设计与服装设计等。

第一节　平面构成与包装设计

　　图形、文字、色彩和造型是包装设计的四个基本要素，它们是相辅相成、缺一不可的有机统一体。在包装设计中将点、线、面、色彩和肌理等基本的平面构成要素，结合其形式美法则，灵活运用平面构成基本形式，在准确传达商品信息的同时，使产品包装更具有视觉冲击力，提高艺术价值，以唤起消费者的购买欲望，促进销售。

一、重复构成的运用

　　重复构成在包装设计中的运用非常广泛，给人一种规范统一、秩序感强的视觉效果，增强视觉特征并丰富画面。现代包装设计中的大多数包装纸就是采用典型的重复手法，如图7-1所示。

图7-1　重复构成与包装设计

二、近似构成的运用

在包装设计中，近似包括形状、色彩、方向等元素的变化，其特点是易于画面的统一，同时又不会感觉到古板单调，比较适合系列产品的包装设计，如图7-2所示。

图7-2　近似构成与包装设计

三、渐变构成的运用

渐变是一种有秩序、有节奏的变化，在视觉中能产生强烈的透视感、空间感，讲究视觉上的韵律感。渐变构成在包装的外观设计以及容器造型设计中被广泛地运用，如图7-3所示。

图7-3　渐变构成与包装设计

四、分割构成的运用

分割构成具有丰满并充实造型的作用，它能使包装的外形显得结构紧凑，条理清晰且层次分明，如图7-4所示。

图7-4　分割构成与包装设计

五、肌理构成的运用

　　肌理是包装设计构思的重要源泉，在包装设计中合理地运用肌理，将会展现其独特的魅力，使商品更具美感和吸引力，如图7-5所示。

图7-5　肌理构成与包装设计

第二节　平面构成与产品设计

　　现代产品设计在注重其产品功能、质量，满足社会发展要求和经济效益要求的同时，更加注重对外观造型美感的追求。同其他设计门类一样，点、线、面在产品设计中也是最基本的造型元素，在产品设计中灵活运用平面构成的基本形式，能使得设计更加丰富多彩和生动有趣。

一、近似构成的运用

　　近似构成适用于系列商品的设计，它使商品显得规范统一、整齐而有序，如图7-6所示。

图7-6　近似构成与产品设计

二、肌理构成的运用

在产品设计中，通过肌理的置换使商品充满了情趣，如图7-7所示的花瓶、草稿纸、被子和躺椅的设计，独具匠心，充满惊喜，令人赞叹。

带刺的花瓶

另类纹理草稿纸

大海做的被子

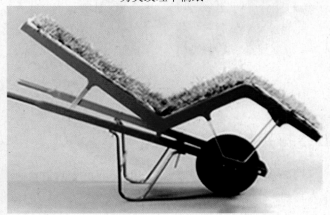

仿草皮躺椅

图7-7　肌理构成与产品设计

三、分割构成的运用

分割构成在产品设计中的应用也较为广泛，例如，分割构成使储存罐的设计活泼时尚，凳子的设计巧具心思并节省空间，案板的设计富有童趣又便于自由组合，如图7-8所示。

图7-8 分割构成与产品设计

四、渐变构成的运用

渐变构成具有很强的规律性，是一种有顺序、有节奏的变化，在视觉上呈现出连贯性、整体性和运动感，如图7-9所示。

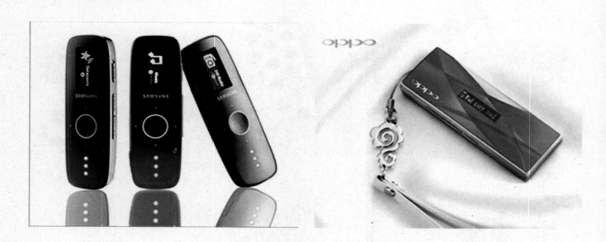

图7-9 MP4设计中的色彩渐变

五、特异构成的运用

产品设计中主要运用特异构成中的形象特异，如图7-10所示的收音机的设计，独特的造型令人耳目一新。

图7-10　特异构成与产品设计　另类收音机

第三节　平面构成与建筑设计

　　建筑艺术作为一种视觉艺术，也要通过形态来体现。平面构成作为一种视觉艺术课程，对建筑艺术和建筑本身都有着重要影响。

一、重复构成的运用

　　在建筑设计中，通过线条、色彩、形状、材料等元素的重复使用来吸引眼球，它能使建筑整体显得宏伟庄严、严谨而细腻、秩序而理性，如图7-11所示。

伯明翰地标建筑　Bullring　　　　　美国空军学院礼拜堂　　　　　Palaude Congressos　会议中心

图7-11　重复构成与建筑设计

二、密集构成的运用

　　密集构成在建筑设计中是一种常用的手法。密集构成能使建筑物及其所属空间产生疏密、虚实、松紧的对比效果，从而建筑物显得灵活多变、活泼并富有生趣，如图7-12与图7-13所示。

图7-12　密集构成与建筑设计　北京mosaic大厦（1）

图7-13　密集构成与建筑设计　纽约大学哲学部（2）

三、肌理构成的运用

在建筑设计中，具体的材质肌理是设计中不可避免的实体元素，这些元素会在视觉上或触觉上给人不同的感受。肌理赋予建筑物更多的情感色彩，如木制让人觉得温暖，石头则让人感觉冰冷，如图7-14所示。

美国WTF怪屋　　　　俄罗斯木制众议院　　　　美国岩石教堂　　　　葡萄牙石头房子

图7-14　肌理构成与建筑设计

四、特异构成的运用

特异构成在视觉上具有强烈的视觉冲击力，给人留下深刻的印象。建筑中可以是部分的特异，使得部分在整个构成中得到突出和强调；也可以是整个建筑物的特异造型，违反常规的构造往往给人新奇感受而令人驻足观赏，如图7-15所示。

越南疯狂众议院

荷兰扭曲的房子

奥地利攻击式众议院

荷兰的立体住宅

新西兰RTA工作室

德国北方的LB建筑

图7-15 特异构成与建筑设计

五、分割构成的运用

分割建筑外形或建筑体，利于美化外观以及划分功能，如图7-16所示J.Mayer·H的作品，他通过灵活运用分割构成将所有的建筑元素巧妙地融为一体，使建筑整体显得美观大方，富有创意。

德国耶拿市Sonnenhof项目

德国汉堡Steckelhorn 11建筑

An der Alster 1

图7-16 分割构成与建筑设计 J.Mayer·H设计

第四节 平面构成与服装设计

服装造型也要运用美的形式法则有机地结合点、线、面、色彩等元素来形成完美的造型，所以平面构成在这一领域仍有广泛的运用。

一、重复构成的运用

重复构成在服装设计及面料设计中经常得以运用。重复构成使服装显得简洁大方、充满跳跃性，如图7-17所示。

图7-17　重复构成与服装设计

二、肌理构成的运用

在服装设计中，面料纹理会影响到服装轮廓的视觉效果。同时，它也是设计师借以表达情感、宣扬个性和诠释设计理念的重要载体，如图7-18所示。

图7-18　肌理构成与服装设计

三、对比构成的运用

在服装设计中，使用对比的情形有很多，比如面料的粗糙与平滑的对比、色彩的对比、规则形与不规则形的对比等等。对比使服装在视觉上更加醒目、更具吸引力，如图7-19所示。

色彩对比　　　　　　　　　　　　　　　　面料对比

图7-19　对比构成与服装设计

四、分割构成的运用

分割构成运用于服装设计，可以弥补或修补体形的缺陷，例如，条纹的分割间隔的宽窄不同，给人的感受也不同，如图7-20所示。

图7-20　分割构成与服装设计

五、渐变构成的运用

渐变构成是有规律的结构变化，可以是色彩的渐变，也可以是形状的渐变，还可以是频率的渐变。渐变构成使服装显得活泼而又有秩序，给人视觉上的跳跃感，如图7-21所示。

图7-21　渐变构成与服装设计

课后作业

1. 谈谈平面构成对现代设计行业的影响及重要作用。

2. 利用平面构成的相关知识绘制一幅设计作品，包装设计、产品设计、建筑设计、服装设计或其他领域任选。

尺寸：25cm×25cm

参考文献

[1] 胡云斌. 平面构成. 北京：人民美术出版社，2010.

[2] 刘欣欣. 平面构成. 北京：科学出版社，2010.

[3] 吴卫，宋立新. 平面构成. 北京：北京理工大学出版社，2010.

[4] 张辉等. 平面构成. 北京：中国水利水电出版社，2011.

[5] 许正立. 平面构成. 北京：中国纺织出版社，2010.

[6] 白松楠. 平面构成. 北京：中国水利水电出版社，2010.

[7] 许磊. 平面构成. 武汉：华中科技大学出版社，2011.

[8] 刘军，廖远芳. 平面构成. 北京：清华大学出版社，2011.

[9] 毛溪. 平面构成. 上海：上海人民出版社，2007.

[10] 倪洋. 平面构成. 上海：上海人民美术出版社，2007.